e DSK. Elle a l'air sympa, je dis pas, mais elle va pas reprendre Mathy.

Ah, il est content, Pieter, il a pu garder ses soldats. Il a eu peur dhafi trop vite. Non, il pourra encore monter dans des avions ne un dandy va faire un tour d'auto-scooter, pour s'encanailler, uire un char en réalité téléguidé et raconter la guerre comme t résume un match à Roland-Garros. En fait, ce qu'il ignore en Crem c'est qu'il reste à son poste suite à une immense pétition taires. Il se sont tellement marrés avec ce petit mouton dans ces mmuniant qu'il en redemandaient... ou alors qu'on leur rende es parlementaires ont fait une autre pétition pour le garder.

aul Magnette. Là, je ne vous dis pas qui a pétitionné. On le Enfin, elles le voulaient partout. Des tonnes de lettre qui e Chanel, Opium de Saint-Laurent, Anaïs de Cacharel. On lui a prises publiques. Avec ses 200.000 demandes en mariage par ne. Et puis, comme il vient de Charleroi, on lui a donné la développement. S'il fait le Congo avec Didier Reynders, moi s sœurs de là-bas, je sais lequel elles vont manger, j'vous l'dis.

. Le gendre idéal carolo aussi mais version MR lui. Enfin MR ? ıt au PS, tout. Imaginez un instant que si Despiegeleer, Van auwenberg, Lucien Cariat et je ne sais plus tous ceux-là aient été désintéressés que l'abbé Pierre ou sœur Emmanuelle, le petit t tout au plus sa pharmacie dans la ville basse à vendre du éripatéticiennes et du Viagra aux clients. Le voila maintenant au ose qu'il résistera à la tentation de se faire offrir sa chaudière.

a nouvelle. Enfin une nouvelle tête : Monica De Coninck. La roi Albert a du être cocasse.
onica ... de Coninck »
ca comment ? »
Coninck »
e sais que vous faites de gros efforts en néeerlandais, mon ami, s'appelle cette dame ? »
e Coninck, c'est son nom, Sire » et il reprend les présentations : Conink... Albert Le roi ».
qui est chouette c'est d'avoir une nouvelle dans la bande. C'est Desperate Housewife. Une nouvelle s'installe dans la rue. Va-t-vec Chastel ? Accuser Milquet ? Assassiner VanQuickenborne ?

s d'Etat, maintenant. Les secrétaires d'Etat sont aux ministres ce Claphomyces granulatus aux Tuber melanosporum, c'est-à-dire ne de la truffe, mais c'est pas la vraie truffe très chère. En bref,

helet, comme dans le précédent gouvernement il a plein de rès importantes mais comme le CDH ne peut avoir qu'un e vous n'avez jamais vu la tête de Joëlle Milquet quand on lui e chose, on l'appelle secrétaire d'Etat. Un jour ce gars sera tre appelé « secrétaire état chargé de Premier ministre ».

ard revient aussi en deuxième semaine. Ses qualités ? Il est du Il est socialiste (je crois qu'il n'y en a qu'un seul au Luxembourg demanderait de faire son ménage qu'il serait là tous les matins u et sa raclette.

ert, CD&V, lui, on le croirait sorti d'un polar il a l'air un peu onsieur-tout-le-monde, dans un Hitchkock qui pète les plombs un elqu'un dans un ascenseur.

z, un SPa ostendais. Il y en a des ostendais dans ce ! Ca sent la moule. Paraît que le gars est super fort en ch

gie De Block... un ??? ... un bloc. On l'a mise à l'immigration. de poker : ou les pauvres affamés africains se disent qu'en tous ce profil et ils s'amènent à 100.000 par jour, ou sa carrure telle trouille qu'ils préfèrent leurs prisons crasseuses et bouffer

oublié Servais Verherstraeten. C'est peut-être prémonitoire.

Michel Daerden sera candidat bourgmestre à Saint Nicolas. Le PS liégeois a essayé de lui offrir une banlieue de Kinshasa mais ça n'a pas marché.

Et alors au dessus de tout ça. Le maître d'école, le patron, le parrain... Premier ministre : Elio Di Rupo. Ah notre Elio. Enfin, là-haut. Dans cette grande comédie musicale que sera cette législature (les répétitions ont duré assez longtemps !), il est au centre de toutes les attentions, la vedette ! Pour les vieux, il fait penser, c'est évident, à Georges Guetary dans *La Route fleurie*. Pour les plus jeunes il fait penser à Che Guevarra version Hervé Villard. Moi, il m'épate parce qu'il parle le flamand mille fois mieux que moi et ... il attendrit tout le monde avec sa biographie d'enfant pauvre. C'est bien simple , savez-vous que quand il va dîner chez le roi et qu'il raconte à table son enfance d'immigré italien orphelin qui ne mangeait pas tous les jours , c'est bien simple : Paola Ruffo di Calabria , elle est tellement gênée qu'elle ... le elle-même et se propose pour la vaisselle.

« Il n'est pas de problème dont une absence de solution ne finisse par venir à bout. »

Henri Queuille, médecin français, résistant, 21 fois ministre

Pierre Kroll
La fin du monde est reportée à une date ultérieure
Petits dessins 2012

Avenue du Château Jaco, 1 • 1410 Waterloo
www.renaissancedulivre.be

Couverture et mise en pages : Debie graphic design – Liège
Édition : Ariane Coquelet
Imprimerie : V.D. (Temse, Belgique)
Photo de quatrième de couverture : Pierre Havrenne/RTBF

ISBN : 9782507050641
Dépôt légal : D/2012/12.763/49

BELGIQUE

SCENARIO 6
LES FRANCOPHONES ONT FUI AU CONGO, TOUS, QUATRE MILLIONS EN UN PONT AÉRIEN QUI DURA SIX MOIS, DU JAMAIS-VU DANS L'HISTOIRE. LES BASSINS WALLONS, LE CONDROZ, L'ARDENNE, DÉSERTÉS SONT FLAMANDS. A ARLON "VLAMINGEN THUIS ZIJN" MAIS DANS LES DEUX KASAÏS, L'EQUATEUR LES DEUX KIVUS, LE KATANGA C'EST LA LIESSE. LES CONGOLAIS ONT ACCUEILLI LEURS "ONCLES" ATTENDUS. LES WALLONS RETROUVENT CE QU'ILS AIMENT: CORRUPTION ET CLIENTÉLISME (C'EST POUR RIRE)...
ALORS? MI P'TIS FIS, OÙ EN-ÉTIONS-NOUS?
SCÉNARIO 4
ÇA Y EST. ELLE A EU LIEU, LA GRANDE CONSULTATION POPULAIRE. SON SCORE A SURPRIS TOUS LES ÉTATS-MAJORS: 99,86% DES HABITANTS POUR UN RETOUR À LA BELGIQUE UNIFIÉE D'AVANT 60! CETTE FOIS, L'ATOMIUM EST REPEINT EN OR POUR UNE NOUVELLE EXPOSITION UNIVERSELLE. RETOUR À LA "BELGIQUE DE PAPA" EN TOUS POINTS... SAUF POUR ANVERS, PETIT VILLAGE QUI RÉSISTE...
SCENARIO 5
C'EST HORRIBLE. ÇA N'A PU ÊTRE ÉVITÉ. APRÈS D'INNOMBRABLES MORTS, DES VILLES RASÉES, DES CAMPAGNES BRÛLÉES, UNE GUERRE CIVILE D'ÉPOUVANTE, LES CASQUES BLEUS PAKISTANAIS, TUNISIENS, NÉPALAIS, PAR MILLIERS, PROTÈGENT UN MUR DEPUIS TRENTE ANS COMME À CHYPRE...
UN
UN
SCÉNARIO 3
LES RATTACHEMENTS SE SONT SUCCÉDÉ COMME LES RÉVOLUTIONS ARABES. LA WALLONIE À L'ITALIE DANS LA JOIE, LA FLANDRE À LA BAVIÈRE DANS L'ALLÉGRESSE, LES GERMANOPHONES AU LIECHTENSTEIN AVEC PRAGMATISME ET BRUXELLES PARTAGE LES MÊMES STATUTS QUE WASHINGTON...
DRAPEAU ITALO-WALLON
DRAPEAU FLAMANDO-BAVAROIS
SCENARIO 2
ÇA NE CESSE DE TOURNER EN ROND, ON REPART SANS CESSE À LA CASE DÉPART: DE WEVER, DI RUPO, PIETERS-FLAHAUT, VANDE LANOTTE, REYNDERS. PUIS ON REPREND: DE WEVER, DI RUPO, ETC. C'EST MAINTENANT INSTITUTIONNALISÉ. LES NOMS D'INFORMATEUR ONT REMPLACÉ CEUX DES SAISONS ET LEURS COURTS RÈGNES SERVENT DE DATES. ON EST EN "DE WEVER 2012", EN "DI RUPO 2025", EN "REYNDERS 2026"...
TU ES NÉ QUAND TOI?
EN VANDE LANOTTE 12 ET TOI?
EN DI RUPO 13
SCENARIO 1
LA FLANDRE EST DEVENUE COMME MONACO, UNE PRINCIPAUTÉ IDYLLIQUE DE PÈRE EN FILS LES DE WEVER RÈGNENT SUR SA CÔTE, SES VILLES RICHES, SES CASINOS, SA SOCIÉTÉ DES BAINS DE MER, SON BOOM IMMOBILIER, SON GRAND PRIX DE FORMULE I, SES MILLIARDAIRES, SES STARS À TOUS LES COINS DE RUE - LES "BEKENDE VLAAMSE STERREN"...
Prins Kevin De Wever II

LE SOIR **17 février 2011.** Souvenez-vous : tout était bloqué, tout était possible…

ILS VONT VOUS FORCER À PARLER FRANÇAIS ET PEUT-ÊTRE ARABE, ILS VONT VOUS RUINER, VIOLER VOS FEMMES, MANGER VOS ENFANTS, BRÛLER VOS TERRES VOUS OBLIGER À LIRE LE SOIR
ET POURQUOI?
POUR M'EMBÊTER

Bart De Wever pesait encore 140 kilos.

LE SOIR **6 octobre 2011.**

Socialistes, libéraux, sociaux-chrétiens et écologistes des deux Communautés continuaient à négocier.

MISE AU POINT rtbf **2 octobre 2011.**

ALLEZ.. QUOI... C'EST POUR BENETTON!
UNITED COLOR OF BENETTON
J'PEUX PAS J'PEUX PAS IMPOSSIBLE
C'EST TROP DÉGUEULASSE BEEEURK

LE SOIR **18 novembre 2011.** Il était clair qu'Elio Di Rupo et Bart De Wever ne s'entendraient jamais.

L'ÉTÉ INDIEN
COMME ON A SURNOMMÉ CETTE BELLE ARRIÈRE-SAISON
blablablablabhvblablabla
bhvjudiciaireetblablablabla
etblablatransfertdecompetences
BHV
FRÈRES ET SOEURS LE TEMPS EST CLÉMENT ET BELLE EST NOTRE UNION
RENARD ASEXUÉ LINGUISTIQUE A BIEN PARLÉ
COMMUNIQUONS NOTRE JOIE ET NOTRE BONNE HUMEUR
AVANT L'AUSTÉRITÉ !
TRICHEURS
FDF
BISON FLAMAND N'A PAS DIT SON DERNIER MOT
NVA

La N-VA et le FDF écartés, il fallut encore remercier les Verts dont le VLD ne voulait à aucun prix dans le gouvernement.

CINÉ TÉLÉ REVUE **Octobre 2011.**

MR
PS
UN PEU DE DRAMATISATION ?
11 MILLIARDS ET DEMI À TROUVER
PS

LE SOIR **12 novembre 2011.** Il fallut dramatiser un peu, menacer d'un blocage total...

LA FUITE À ~~VARENNES~~ CIERGNON
C'EST ENCORE LUI, SIRE!
MA DEMISSION

LE SOIR **22 novembre 2011.**

UN BUDGET ÉQUILIBRÉ ?
ON NE TOUCHE PAS AUX TRAVAILLEURS, AUX CHÔMEURS, AUX PENSIONNÉS, AUX INDÉPENDANTS, AUX ÉTRANGERS, AUX ENFANTS
ON FAIT LA PAIX ON SE SERRE LA MAIN ON S'EMBRASSE ET ON REPREND DU CAFÉ
ON NE TOUCHE PAS À MON LIBRAIRE

CINÉ TÉLÉ REVUE **Novembre 2011.** … mettre au point un budget dans l'urgence…

LE SOIR **28 novembre 2011.**

UN BUDGET JUSTE ET SÉRIEUX
RIGOUREUX
RESPONSABLE

EN NU AVANTI IN DE CRISE ET LES EMMERDEMENTS

11 decembre 2011.

EN 500 JOURS IL NOUS A REFAIT LA BELGIQUE ...
EN QUELQUES JOURS IL DOIT MAINTENANT TROUVER DIX MILLIARDS

Octobre 2011.

IL Y A UNE PRIME POUR ISOLER ...
LA N-VA
ECOLO
ET LE FDF

MISE au POINT rtbf 11 décembre 2011.

OH REGARDE C'EST MONSIEUR DI RUPO
QUEL BEL HOMME
ALORS ? VOUS AVEZ TROUVE CES 11 MILLIARDS ?
ÇA AVANCE ÇA AVANCE
HEUREUSEMENT QU'ON L'A. QUELLE COMPETENCE QUELLE PATIENCE
ET IL EST SI RASSURANT ?
MON SAC !
ELIANE... J'AVAIS UN SAC
M... MON CHIEN ?!

CINE TELE REVUE Novembre 2011.

VOUS POURRIEZ M'APPELER "SECRÉTAIRE D'ÉTAT"
SI ÇA T'AMUSE

LE SOIR 6 décembre 2011.

T'as été sage?
Très
SAINT NICOLAS, JE VOUDRAIS UNE AUTO TÉLÉGUIDÉE, UN GRAND TRAIN ÉLECTRIQUE ET UNE CONSOLE DE JEUX
s'iouplait
TU AURAS UN CARAMEL... QU'EST-CE QU'ON DIT?
merci
UNE ROBE DE PRINCESSE, UN DVD D'HARRY POTTER, UN GRAND BUZZ L'ÉCLAIR AVEC DES PILES...
UN CARAMEL
POUR TROUVER 11 MILLIARDS TOUT LE MONDE DOIT S'Y METTRE

CINÉ TÉLÉ REVUE Décembre 2011.

BELGIQUE : APRÈS LA CRISE POLITIQUE
J'AI PRESQUE FINI
NE MANQUEZ PAS : LA CRISE ÉCONOMIQUE
ÇA NE FAIT QUE COMMENCER
Kroll

LE SOIR 29 octobre 2011.

PAOLA, ILS VIENNENT PRÊTER SERMENT
ÇA PREND ENCORE UNE HEURE ET ON EST TRANQUILLES JUSQU'AU DISCOURS DE NOËL
J'Y CROIRAI DANS UNE HEURE
Kroll

LE SOIR 5 décembre 2011.

… et après 540 jours d'attente,
le gouvernement Di Rupo voit enfin le jour
et prête serment le 6 décembre 2011.

DI RUPO PREMIER MINISTRE
FINALEMENT…
JE ME DEMANDE SI J'AI VRAIMENT ENVIE
Kroll

LE SOIR 3 décembre 2011.

LA VOILÀ
LA VOICI
ENFIN
LA NOUVELLE BELGIQUE

Bart De Wever

Olivier Maingain

LE SOIR 12 octobre 2011.

ALLEZ ... C'EST PARTI
2014

LE SOIR 12 décembre 2011.

LE JEU DES 7 ERREURS

En recopiant ce dessin pour nos amis flamands, généreux, j'ai ajouté 7 éléments. Vous connaissez le truc : retrouvez-les ! (Solution page 93).

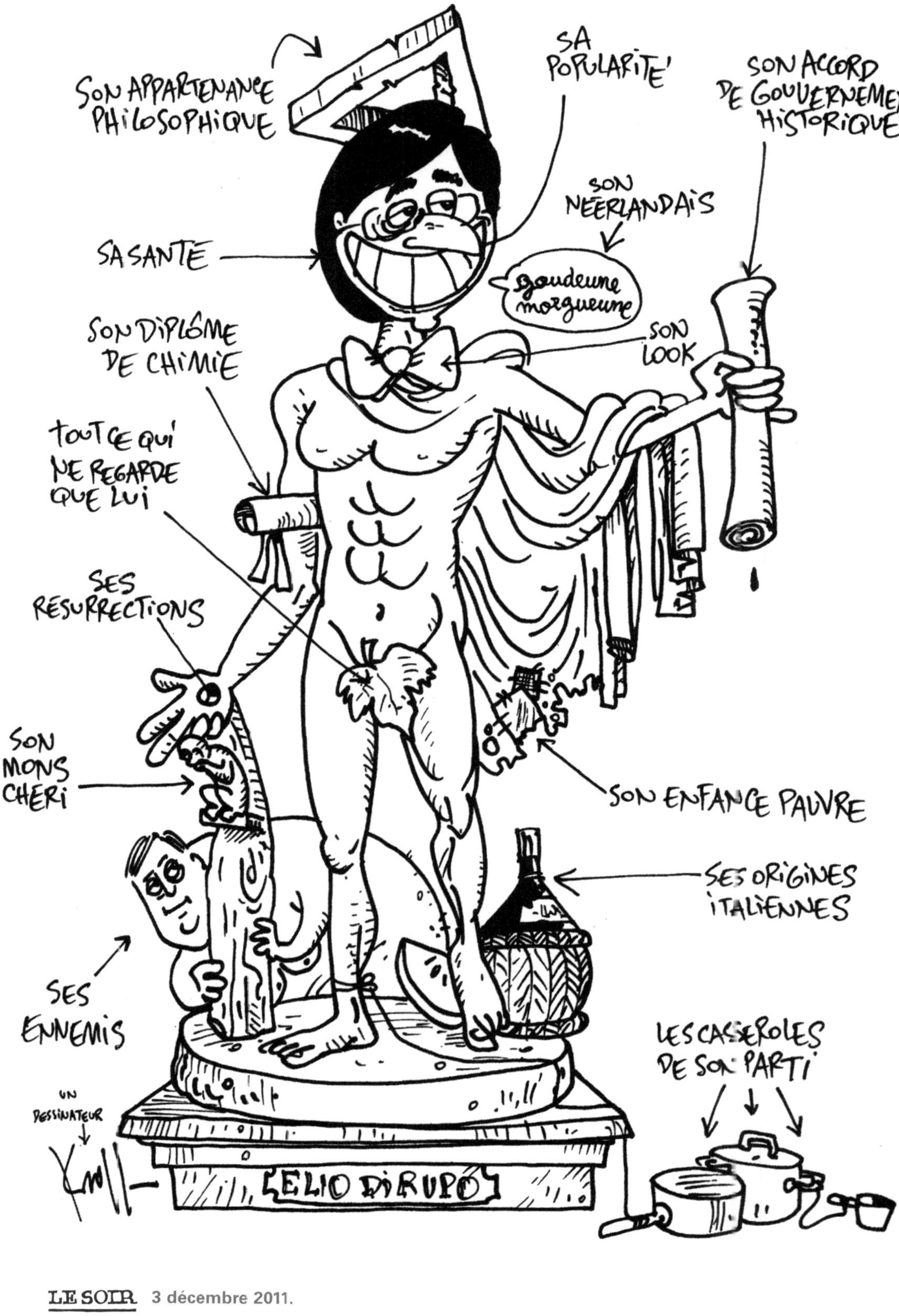

LE SOIR 3 décembre 2011.

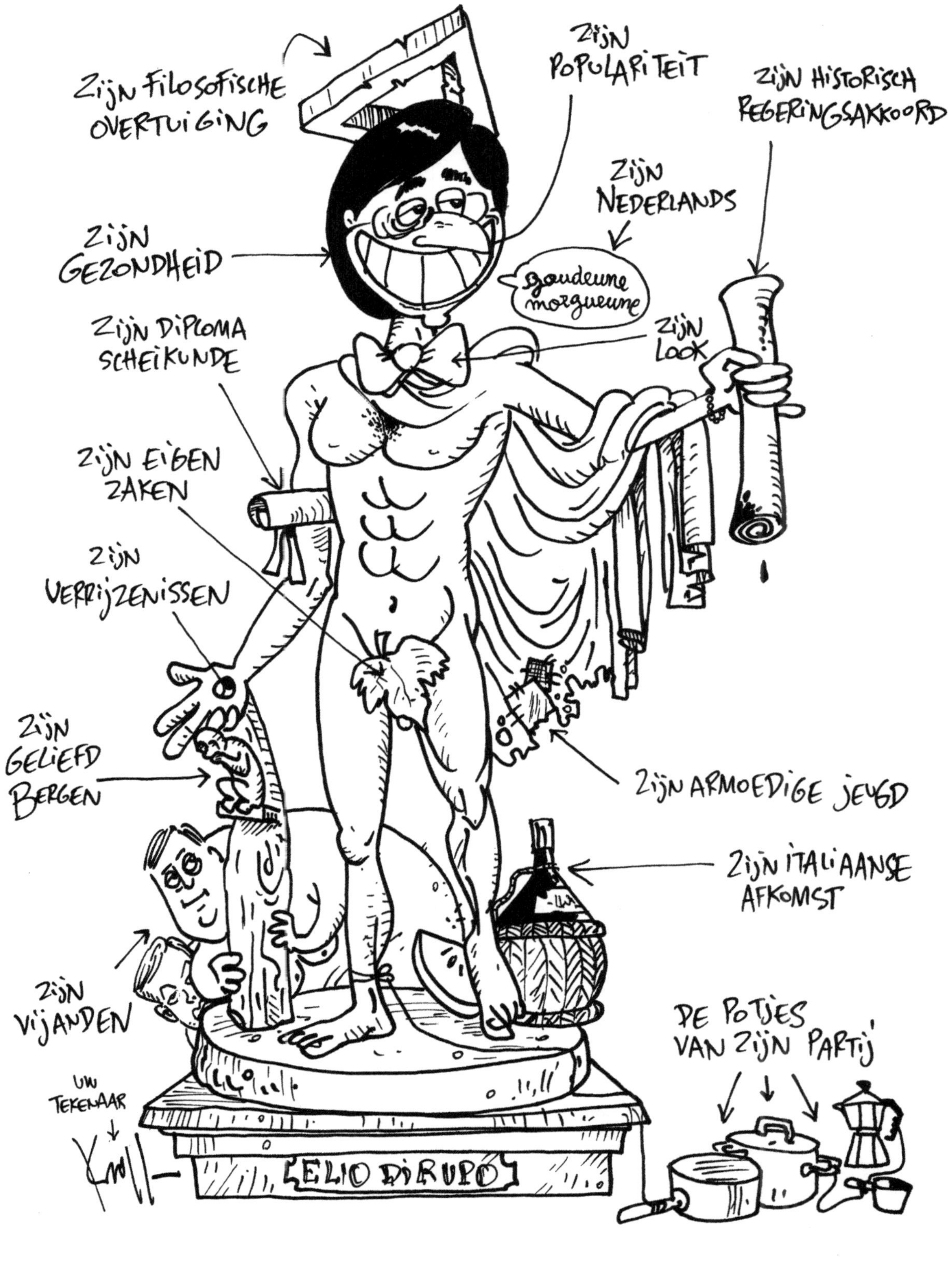
Zijn filosofische overtuiging
Zijn populariteit
Zijn historisch regeringsakkoord
Zijn Nederlands
Zijn gezondheid
goudeume morgueune
Zijn look
Zijn diploma scheikunde
Zijn eigen zaken
Zijn verrijzenissen
Zijn geliefd Bergen
Zijn armoedige jeugd
Zijn Italiaanse afkomst
Zijn vijanden
Uw tekenaar
ELIO DI RUPO
De potjes van zijn partij

DOCTEUR, JE VOUDRAIS BEAUCOUP PASSER POUR UN ASEXUÉ LINGUISTIQUE ET POURTANT... ..COMMENT DIRE ? ÇA FAIT PEUR
un..? quoi ?

LE SOIR 30 novembre 2011.

Premier Premier ministre francophone depuis 37 ans, il reste à Elio Di Rupo à parfaire sa connaissance du néerlandais.

POLITIQUE VISIONNAIRE
J'APPRENDS LE NÉERLANDAIS

MISE AU POINT rtbf 1er avril 2012.

MONSIEUR LE PREMIER MINISTRE, JE NE PEUX TOUT DE MÊME PAS FAIRE ATTENDRE CES MESSIEURS OBAMA ET WEN JIABAO
DITES-LEUR QUE JE DOIS FAIRE MON HEURE DE NÉERLANDAIS SINON BART DE WEVER SERA FÂCHÉ
dringen
drong
gedrongen
drinken
dronk
gedronken
duiken
dook
gedoken

LE SOIR 29 novembre 2011.

ON VA DEVOIR PAYER DES IMPÔTS ?
JE NE SAIS PAS COMMENT ON FAIT
Koll
Koll
FISC

MISE au POINT rtbf **2 octobre 2011.** Beaucoup de nouvelles mesures fiscales vont faire mal…

2010
TOUJOURS PAS DE GOUVERNEMENT
UNITÉ NATIONALE
ASSEZ
QUE FONT-ILS ?
SHAME
TOUJOURS PAS DE GOUVERNEMENT
C'EST UNE HONTE
2011
UN GOU-VER-NE-MENT
UN GOU-VER-NE-MENT
NE NOUS RASONS PLUS TANT QU'ON N'A PAS DE GOUVERNEMENT
PAS DE GOUVERNEMENT C'EST BARBANT
2012
ET VOILÀ …
UN GOUVERNEMENT !
JE VAIS VOUS DIRE CE QU'IL A DÉCIDÉ …
AÏE AÏE AÏE
TENEZ-VOUS BIEN
LA PROCHAINE FOIS ON LA FERME
Koll

CINÉ TÉLÉ REVUE **Février 2012.**

IL PENCHE QUAND MÊME BIEN UN PEU À GAUCHE !
NON À DROITE
C'EST INDISCUTABLE
À GAUCHE
À DROITE
À GAUCHE
À DROITE

LE SOIR 21 mars 2012.

PS
PS
PS

MISE AU POINT rtbf 2 septembre 2012.

MISE au POINT rtbf 11 mars 2012.

LA DOUCEUR
DANS LA RIGUEUR

JUSTICE IMMIGRATION INTÉRIEUR

LE SOIR 7 décembre 2011.

Annemie Turtelboom, ministre de la Justice

Maggie De Block, Secrétaire d'État à la Migration

Joëlle Milquet, ministre de l'Intérieur

JUSTICE, POLICE, INTÉRIEUR...
QUE DES FEMMES !
QUELQUE CHOSE À REDIRE
NON NONNON RIEN
C'EST TRÈS BIEN
TRÈS TRÈS BIEN

LE SOIR 1er mars 2012.

Catherine De Bolle est nommée commissaire général de la police fédérale.

REYNDERS AU CONGO
DITES-MOI: C'EST QUOI, LÀ, SOUS MON LIT?
DES BULLETINS DE VOTE POUR KABILA
ON S'EN SERT UN PEU POUR TOUT. ON EN A FAIT TROP

LE SOIR 27 mars 2012.

REYNDERS AUX AFFAIRES ÉTRANGÈRES
YES I CAN

Didier Reynders est nommé ministre
des Affaires étrangères,
Paul Magnette ministre de l'Environnement.

MISE au POINT rtbf 11 décembre 2011.

MAGNETTE À RIO...
JE NE REPRÉSENTE QU'UN TOUT PETIT PAYS
QUI POLLUE BEAUCOUP

LE SOIR 20 juin 2012.

MAIS COMMENT ONT-ILS FAIT ?
BUDGET
Revisité
avec douceur

LE SOIR 13 mars 2012.

CET HOMME EST UN HÉROS
je sais
C'EST UN GRAND PATRIOTE
j'aime mon pays
IL EST ALLÉ AU SALON DE L'AUTO
je me suis dévoué
IL A ACHETÉ UNE GROSSE VOITURE, PAYÉ UNE GROSSE TVA...
bravo
IL PAYE UNE TAXE DE MISE EN CIRCULATION ET UNE TAXE ANNUELLE DE ROULAGE
normal
IL PAYE DES ACCISES SUR L'ESSENCE QU'IL ACHÈTE
Super
IL SE PARQUE PARFOIS MAL OU ROULE TROP VITE... IL PAYE SES AMENDES
j'aime mon gouvernement
PARFOIS, IL EST À DEUX DOIGTS DE CRAQUER
je vais prendre le train
je n'en peux plus
je vais prendre le train
MAIS, COURAGEUX, IL SE RESSAISIT TOUJOURS
qu'est-ce que je coûterais à l'état si je prenais les transports en commun

CINÉ TÉLÉ REVUE Janvier 2012.

NON À L'AUSTÉRITÉ
TAXEZ LES RICHES
C'EST UNE VOITURE DE SOCIÉTÉ?
OUI POURQUOI ?
CSC
FGTB

LE SOIR 16 novembre 2011.

LA CRISE ET LA GRÈVE
MOI AUSSI JE VEUX BIEN ARRÊTER LE TRAVAIL
SI J'EN AVAIS

Manifestation le 2 décembre 2011 contre l'austérité, grève générale le 30 janvier 2012.

LE SOIR 28 janvier 2012.

PENSIONS: VAN QUICK RESTE FERME
PAS D'EXCEPTIONS

Vincent Van Quickenborne est ministre des Pensions.

LE SOIR 13 février 2012.

LE SOIR 3 janvier 2012.

MAMAN, C'EST QUI TOUS CES GENS?
ELIO M'A DIT: TU FAIS CE QUE TU VEUX MAIS TU FAIS QUELQUE CHOSE

LE SOIR **2 février 2012.** Maggie De Block est secrétaire d'État à l'Asile et la Migration, à l'Intégration sociale et à la Lutte contre la pauvreté, adjointe à la ministre de la Justice.

SANS ABRI
DEMANDEUR D'ASILE
DEMANDEURS D'ABRI

MISE au POINT rtbf **5 février 2012.**

RETOUR VOLONTAIRE
RETOUR FORCÉ

NE VENEZ PAS ICI
CREVEZ CHEZ VOUS

MISE au POINT rtbf 20 mai 2012.

Le nouveau gouvernement entend faire de l'emploi une de ses priorités.

ALLEZ... UN GRAND SAUT
EMPLOI

QU'EST-CE QUE JE FAIS MAINTENANT ?
CHERCHE DU BOULOT
C'EST CE QUE JE FAISAIS AVANT

MISE au POINT rtbf 20 mai 2012.

THE VOICE BELGIQUE
LE CHÔMEUR
LE GOUVERNEMENT

MISE au POINT rtbf 29 janvier 2012.

PRÉSIDENT DU PS..
..C'EST DUR DUR
SYNDICATS
GOUVERNEMENT

10 juin 2012. Elio Di Rupo cède sa place de président du PS à Thierry Giet.

QU'EST-CE QUE C'EST QUE ÇA, ELIO ?
TU GAGNES EN UN AN CE QUE CE MONSIEUR BELLENS GAGNE EN UN MOIS !?
PREMIER MINISTRE ... TU PARLES !

LE SOIR **20 mars 2012.** Petit vent de scandale après la publication du salaire du patron de Belgacom, Didier Bellens qui a gagné 2,6 millions d'euros bruts en 2011.

LA JOYEUSE ENTRÉE À GAND
IK HOUD VAN DE FLAMANDS
ELIO VIVA ELIO ELIO

LE SOIR 31 mars 2012.

ELIO N'AIME PAS
LES DEFAITISTES
JE N'AI QU'UNE PETITE PENSION MINABLE
MAIS OÙ EST LE PROBLÈME ?
VOUS N'EN AVEZ PLUS LONGTEMPS
MON ALLOCATION DE CHÔMAGE VA DIMINUER
C'EST POUR VOTRE BIEN
POUR VOUS MOTIVER À RETROUVER DU BOULOT
IMAGINEZ-VOUS DEMAIN COSMONAUTE, TRADER, STAR DU X, JOURNALISTE ?
VOUS IREZ CREVER DANS LES FLAMMES DE L'ENFER, MÉCRÉANTS
MAIS ON S'EN RÉJOUIT
ABRUTI

CINÉ TÉLÉ REVUE Juin 2012.

6 FEVRIER 2012, ANDY SCHLECK GAGNE LE TOUR DE FRANCE 2010

En passant, Alberto Contador est déclassé du Tour de France 2010 pour dopage. Plus tard, ce sera à Lance Armstrong que seront retirés d'un coup… sept maillots jaunes !

LE SOIR 7 février 2012.

SECRET STORY
C'EST REPARTI
TOUT PETIT, DIDIER ÉTAIT FAN DE CHE GUEVARA
LES AUTRES VONT-ILS LE DÉCOUVRIR ?
MARX
JOËLLE EST BLONDE ET SE TEINT
QUI TROUVERA SON SECRET ?
APRÈS LA POLITIQUE, ELIO RÊVE D'ÊTRE PRÊTRE
SAURONT-ILS LE LUI FAIRE DIRE ?
OLIVIER CACHE UN TATOUAGE PORSCHE SUR LE BRAS
ET D'UNE CENTRALE NUCLÉAIRE SUR LA FESSE
SERA-T-IL DÉBUSQUÉ ? TRAHI ?

CINÉ TÉLÉ REVUE Mai 2012.

DE WEVER 2011
DE WEVER 2012
DE WEVER 2013
DE WEVER 2014?

LE SOIR 7 mars 2012.

MISE AU POINT rtbf 9 septembre 2012.

Bart De Wever entame
un régime draconien.
S'il perd plus de 50 kilos,
il gagne pourtant encore
des voix dans les sondages.

IL VA FINIR PAR NOUS FAIRE DESSUS

CINE TELE REVUE Mai 2012.

TOUT A L'AIR NORMAL SUR LA TERRE CE VENDREDI 13
ET POURTANT DANS QUELQUES HEURES
CES HOMMES ET CES FEMMES APPELÉS PAR LE DESTIN
AURONT VOTÉ LA SCISSION DE BHV
TADAM TADAM DAM
Kroll

LE SOIR 13 juillet 2012.

La scission de l'arrondissement Bruxelles-Hal-Vilvorde est votée au Parlement. Le dossier est clos après près de dix ans de conflits communautaires.

ENTRE NOUS : JE N'Y AI JAMAIS RIEN COMPRIS
Kroll

LE SOIR 13 juillet 2012.

ILS ONT L'AIR FORT CONTENTS D'EUX CETTE ANNÉE ...
Kroll

LE SOIR 20 juillet 2012.

ELIO IER DÉJÀ 6 MOIS
C'EST TRÈS BIEN, MON PETIT
je trouve aussi
Bulletin
Elio Di Rupo

LE SOIR **6 juin 2012.** Premier bilan.

Place aux élections communales...

J'EN AI MARRE DES DÉFAITISTES
IK OOK
Bart De Wever
NVA
Kroll

Bart De Wever à Anvers...

LE SOIR 11 juin 2012.

MAGNETTE À CHARLEROI
'FAUT VRAIMENT?
Kroll

LE SOIR 11 février 2012.

ET VOUS VOTERIEZ POUR QUI, VOUS?
C'EST QUI, ÇA?
AUTRES
JE SAIS PAS. DES AUTRES
ILS M'ONT L'AIR BIEN
BONNE IDÉE
Kroll

LE SOIR 11 juin 2012.

LE SOIR 14 décembre 2011.

Le 13 décembre 2011, place Saint-Lambert à Liège, au moyen de grenades et d'un fusil d'assaut,
Nordine Amrani fait 5 morts et 125 blessés dans la foule.
L'original du dessin est aujourd'hui dans les collections de la Ville de Liège.

MISE au POINT rtbf 18 décembre 2011.

À Bruxelles, la violence urbaine fait débat.

BRONXELLES

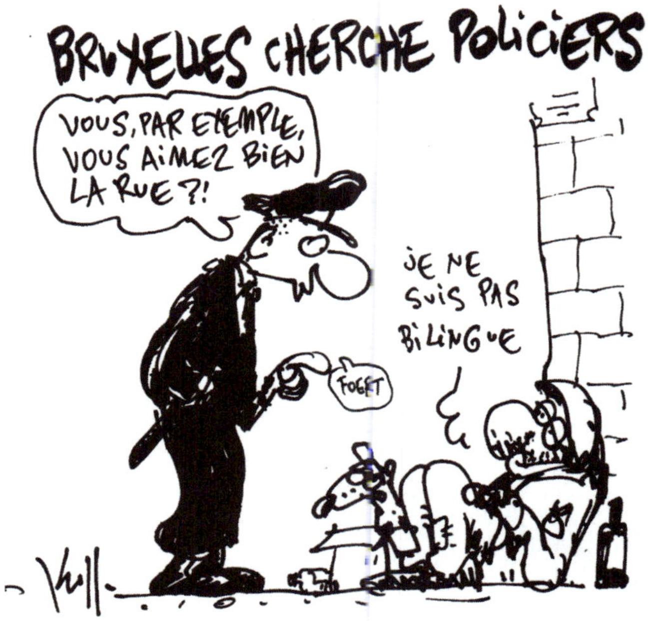
BRUXELLES CHERCHE POLICIERS
VOUS, PAR EXEMPLE, VOUS AIMEZ BIEN LA RUE ?!
JE NE SUIS PAS BILINGUE

LE SOIR 11 avril 2012.

TROP PEU DE POLICIERS À BRUXELLES
C'EST VRAI
ON S'EM...

MISE au POINT rtbf 15 avril 2012.

À L'ÉCOLE...
ET PAS TROP VITE

Petite trève pour parler d'amour...

SAINT-VALENTIN : OFFREZ DU MAZOUT
M
Kroll

MISE au POINT rtbf 12 février 2012.

CHERIE
C'EST MOI ...
AÏE !
DRÔLE DE GOÛT, MA CHERIE, C'EST QUOI ?
POTIRON ET ...
MORT AUX RATS
OOOHOH
CHERIE, JE SAIS QUE J'AI OUBLIÉ LA SAINT-VALENTIN. C'EST LA PREMIÈRE FOIS EN 15 ANS ET ÇA N'ARRIVERA PLUS. JE N'OUBLIERAI PLUS JAMAIS
C'EST NOUVEAU CE CHIEN ?
Kroll

CINE TELE REVUE Février 2012.

LE MARIAGE GAY AUX USA ?
ENFIN
Y
M
C
A
IL EN A OBAMA !

LE SOIR 11 mai 2012.

LE MARIAGE HOMOSEXUEL EN FRANCE?
ILS NE POURRONT JAMAIS ADMETTRE ÇA, VALÉRIE
JE VAIS TWITTER ÇA PARTOUT, MA SÉGO, TU VAS VOIR

LE SOIR 12 septembre 2012.

Ségolène Royal Valérie Trierweiler

PÉDÉ
REDIS ÇA !

Le meurtre atroce d'un jeune homosexuel, par ailleurs musulman, relance le débat sur l'homophobie.

MISE au POINT rtbf 13 mai 2012.

LE MR À LA GAY PRIDE
ON PASSE PAR MOLENBEEK ?
MR
MR

LE SOIR 12 mai 2012.

C'EST PAS DEMAIN QU'À LA BELGIAN PRIDE ....

MISE au POINT rtbf 13 mai 2012.

TU PEUX ÊTRE HOMOSEXUEL UN PEU
COMMENT ON FAIT ÇA ?

13 mai 2012.

MON PÈRE, JE VOUDRAIS FAIRE MON COMING OUT
TA COMMUNION ?

13 mai 2012.

LE SOIR **16 mars 2012.** Le 13 mars 2012, dans le tunnel autoroutier de Sierre en Suisse, un autocar belge percute un mur de béton faisant 28 morts dont 22 enfants revenant des classes de neige.

SHARIA 卍 BELGIUM

MISE au POINT rtbf 3 juin 2012.

ELLE PEUT PLUS S'HABILLER COMME ÇA, LA DAME ?!
C'EST PEUT-ÊTRE UNE PROVOCATION
TRAM
12 10
ALLAH AKBAR

LE SOIR 2 juin 2012. À Bruxelles, la police verbalise une femme portant le niqab, voile intégral interdit. Le contrôle dégénère. Arrestation. Émeutes. La Belgique découvre Sharia4Belgium et leurs visées intégristes.

LIBEREZ BELKACEM

Fouad Belkacem, porte-parole de Sharia4Belgium, est arrêté pour ses propos extrémistes.

LE SOIR 13 juin 2012.

NOTRE FRERE CHÉRI ET MARTYR EST EN PRISON NOUS DEVONS INTENSIFIER LA LUTTE
TU VOIS JOSIANE ?
PAS BIEN
MAIS ÇA DOIT ÊTRE À CAUSE DU GRILLAGE
NOUS ALLONS FAIRE PLUS FORT ET FONDER MAINTENANT SHARIA 5 BELGIUM
ÇA N'IRA PAS
ET POURQUOI ÇA N'IRA PAS ?
SHARIA FIVE BELGIUM 5 C'EST PLUS QUE 4 NON ?
JOSIANE, T'ES BLONDE OU QUOI ?
NON, MAIS 4 C'ÉTAIT UN JEU DE MOTS
SHARIA 4 BELGIUM SHARIA FOR BELGIUM LA SHARIA POUR LA BELGIQUE
FIVE ÇA VOUDRA RIEN DIRE
UN JEU DE MOTS
allah akbar
allah akbar

CINÉ TÉLÉ REVUE Juin 2012.

Ravivé, le débat sur l'intégration était déjà lance depuis longtemps.

LAVE TOUJOURS LE LINGE SALE EN FAMILLE

VOTEZ MOUREAUX

INTÉGRÉ
PAS INTÉGRÉE

22 avril 2012.

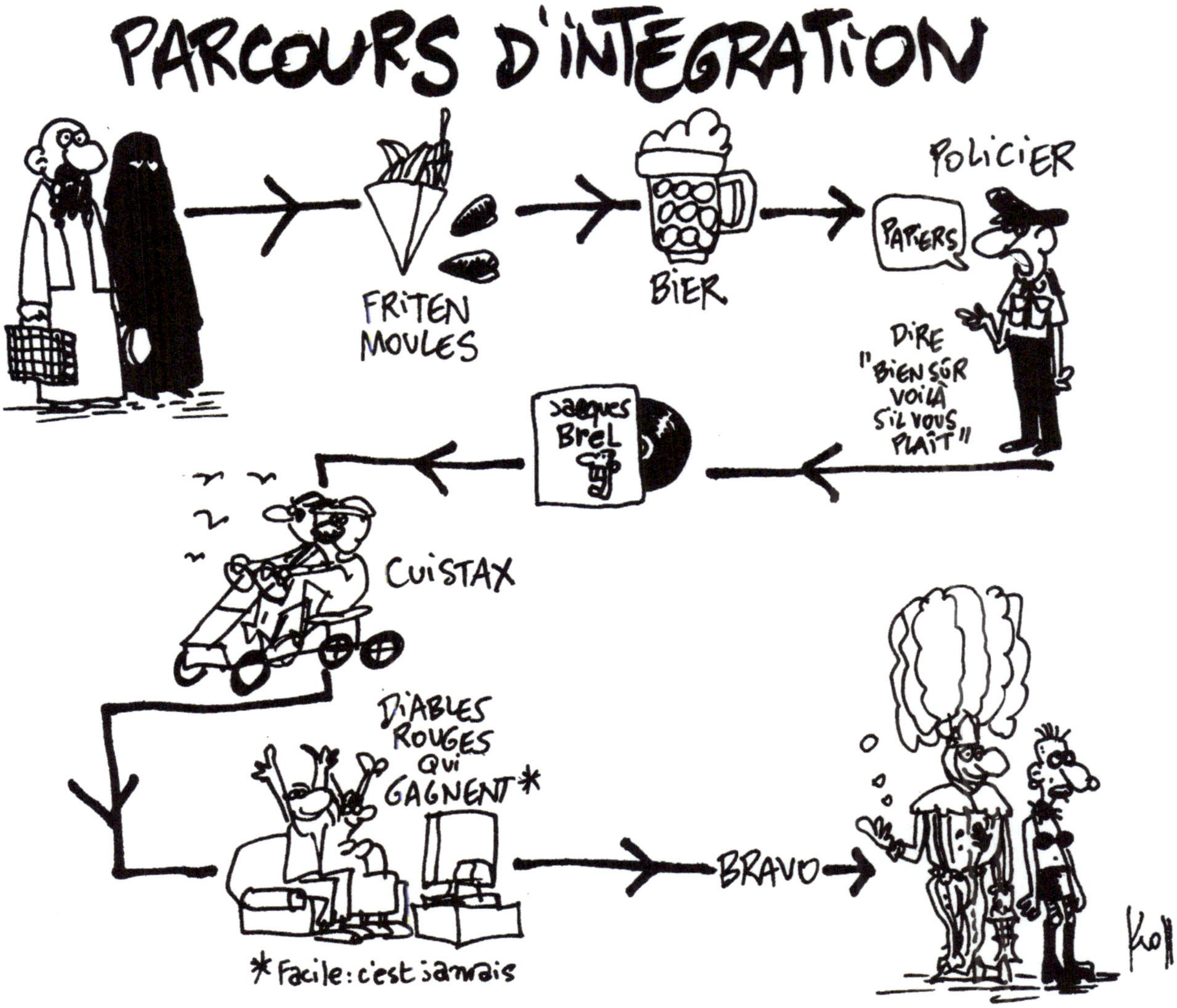

LE SOIR 5 juin 2012.

MISE à POINT rtbf 3 juin 2012.

Didier Reynders quitte Liège pour s'installer à Uccle.

MISE à POINT rtbf 3 juin 2012.

QUI EST ANONYMOUS?
...NOUS NE NOUS EN PRENDRONS PAS À VOTRE ARGENT...
UNE CHOSE EST SÛRE: C'EST PAS LE GOUVERNEMENT!

Tout autre chose...

LE SOIR 23 janvier 2012.

T'AS VU: C'EST GÉNIAL CE SITE. TU PEUX TROUVER TOUT CE QUE TU VEUX À TÉLÉCHARGER
FREE
...DES SÉRIES PAS ENCORE DIFFUSÉES ICI, DES FILMS PAS ENCORE SORTIS, DES MUSIQUES...
T'ES TROP FORT
J'SUIS PAS SÛRE QUE C'EST TRÈS LÉGAL
REGARDE: UNE SÉRIE AVEC DEUX FLICS, UN PETIT ET UN GRAND...
...QUI ENQUÊTENT SUR LES CONTREFAÇONS, LA PIRATERIE, TOUT ÇA!
TROP COOL
PERSONNE NE BOUGE
?
VOS PAPIERS
P...! C'EST EN 3D!

Janvier 2012. Le FBI ferme brutalement Megaupload, un site de téléchargement illégal. En guise de riposte, Anonymous attaque le site d'Universal Music et du département de la justice américaine.

Steve Jobs, le génial créateur d'Apple, meurt le 6 octobre 2011 à Palo Alto.

LE SOIR **7 octobre 2011.**

USA 2012
LE PRESIDENT SORTANT…
OU UN REPUBLICAIN

La campagne pour les élections américaines du 6 novembre 2012 est lancée. C'est Mitt Romney pour les républicains qui affrontera Barack Obama.

LE SOIR **5 janvier 2012.**

CLINT EASTWOOD SOUTIENT MITT ROMNEY
CETTE CHAISE EST VIDE
IL VIEILLIT UN PEU LE PAUVRE

LE SOIR **1er septembre 2012.**

SYMPOSIUM AU VATICAN
Les enfants c'est tabou
Nous n'y toucherons plus du tout
ENCORE UNE FOIS

LE SOIR **10 février 2012.** Symposium historique de l'Église catholique sur les abus sexuels dans l'Église.

JE DOIS ME CONFESSER, BENOÎT, JE SUIS COMMUNISTE...
COMMENT DITES-VOUS?

LE SOIR **29 mars 2012.** Le pape Benoît XVI rencontre Fidel Castro à Cuba.

ELLE A EU 12 PREMIERS MINISTRES
CHURCHILL FUT LE 1ER
ELLE A CONNU 6 PAPES
TOUS TRÈS CATHOLIQUES JE DOIS DIRE
ELLE A EU 30 HORRIBLES CHIENS COMME ÇA
JE T'EM...
FRANÇOIS HOLLANDE (PAR EXEMPLE) N'ÉTAIT PAS NÉ QU'ELLE ÉTAIT DÉJÀ REINE !
ELLE EST MARIÉE DEPUIS 64 ANS AVEC PHILIP...
TU AS DIT QUELQUE CHOSE?
NON NON RIEN MA CHÉRIE
ELLE A UNE FORTUNE DE 387 MILLIONS D'EUROS
PAS LOIN D'UN JOUEUR DE FOOTBALL

CINÉ TÉLÉ REVUE **Juin 2012.** Des millions de Britanniques ont fêté les 60 ans de règne d'Élisabeth II.
Une lectrice de CinéTéléRevue m'a écrit, outrée... qu'on ne se moquait pas des chiens !

FUKUSHIMA, UN AN DÉJÀ...
N'OUBLIEZ PAS LE GUIDE

Le 11 mars 2011, un violent séisme avait secoué le Japon, suivi d'un tsunami qui provoqua la catastrophe nucléaire de Fukushima.

LE SOIR **10 mars 2012.**

VOUS ÊTES QUOI VOUS?
INDIGNÉS
POURQUOI ?
ARCELOR MITTAL
ET VOUS?
VIRÉS

Arcelor Mittal annonce la fermeture de la phase à chaud sidérurgique à Liège, menaçant 600 emplois. Ailleurs dans le monde, les « indignés » se multiplient. La première journée mondiale des Indignés se tient d'ailleurs le 15 octobre.

LE SOIR **15 octobre 2011.**

EURO 2012, C'EST PARTI
ON NE PEUT PAS JOUER AVEC ÇA LÀ !

L'Euro de football se déroule en Pologne et en Ukraine tandis que Ioulia Timochenko, ancienne Première ministre ukrainienne, est emprisonnée depuis août 2011 dans des conditions douteuses.

LE SOIR **9 juin 2012.**

L'EGYPTE
HÉ hé!
KROLL

les grignoux **Septembre 2012.** En marge de la sortie du film égyptien *Les femmes du bus 678*.

ÉGYPTE
MORSI
PRESIDENT
DONNE ÇA MAINTENANT, MAMAN, ET RENTRE À LA MAISON
Kroll

Le candidat des Frères musulmans, Mohamed Morsi, est élu président.

LE SOIR **25 juin 2012.**

ÉGYPTE : UN ISLAMISME...
RADICAL
MODÉRÉ
SURVEILLÉ ?

LE SOIR **26 juin 2012.**

En Libye et en Tunisie, les élections vont aussi voir triompher des partis islamistes.

QUAND JE PENSE QU'ON A FAILLI SE RETROUVER DANS DES DEMOCRATIES À L'OCCIDENTALE QUELLE HORREUR !
QUELLE HORREUR
DIEU EST AVEC NOUS
DIEU EST AVEC NOUS
TUNISIE LIBYE
Kroll

LE SOIR 25 octobre 2011.

ÉLECTIONS EN LIBYE
ET TOUT ÇA GRÂCE À BHL…
C'EST MOI
C'EST QUI ?
Kroll

LE SOIR 9 juillet 2012.

Le 18 octobre 2011, le soldat israélien Gilad Shalit, détenu par le Hamas depuis 2006, est libéré. En échange, Israël relâche 1027 prisonniers palestiniens.

LE SOIR 19 octobre 2011.

CE SOLDAT ISRAÉLIEN VAUT 1027 DE NOS HOMMES
SI ON EN LEVAIT 1027 SOLDATS ISRAÉLIENS…
ON FERAIT LIBÉRER 1.054.729 PALESTINIENS
QU'EST-C'QUE VOUS ÊTES FORT, CHEF !
Kroll

Bachar el-Assad

LE SOIR 29 février 2012 (modifié).

LE SOIR 23 février 2012.

Depuis son déclenchement en mars 2011, le conflit syrien, révolte ou guerre civile, a fait plus de 27 000 morts, dont 70 % de civils.

SYRIENS
JOURNALISTES

MAIS … LES SYRIENS, CE SONT LES BONS OU LES MECHANTS ?
?
ILS SONT TOUS SYRIENS

LE SOIR 9 août 2012.

ALLEZ
FRANCHEMENT
QUI A FAIT ÇA ?
C'EST PAS GENTIL

LE SOIR 29 mai 2012.

Kofi Annan et la communauté internationale sont impuissants.

ALEP 2012

LE SOIR 1 août 2012.

CES PAYS DU SUD QUELLE CHANCE ILS ONT
C'EST ÉCOEURANT
HALTE A AUSTERITE
DU TRAVAIL
DES EMPL
DES EMPLOIS POUR NOS ENFANTS
ON VA CREVER
DE L'AIDE

LE SOIR **24 juillet 2012.** Pays arabes cherchant leur avenir, pays d'Europe du Sud en grande crise économique…

LES GRECS N'ONT PLUS RIEN
Kroll

MISE AU POINT rtbf 6 novembre 2011.

Kroll

LE SOIR 10 novembre 2011.

ALLEZ… IL RESTE ENCORE LE HAILLON
À POIL ON T'A DIT!
TU LES VEUX LES BEAUX EUROS ?

LE SOIR 20 février 2012.

C'EST LE PLUS GRAND PAYS D'EUROPE
ET JE NE PEUX RIEN Y CHANGER

LE SOIR 24 janvier 2012.

DISZIPLIN DISZIPLIN
DISCIPLINE
ET EN FLAMAND, ÇA SE DIT… : DISCIPLINE
FORMIDABLE. ÇA SE DIT DISCIPLINE AUSSI
FACILE LE FLAMAND

Angela Merkel Nicolas Sarkozy Elio Di Rupo LE SOIR 9 décembre 2011.

SI VOUS N'AIMEZ PAS VOS EUROS JE LES VEUX BIEN

MISE au POINT rtbf 6 novembre 2011.

GROUILLEZ-VOUS
FILEZ-MOI TOUS MES EUROS
ÇA NE VA PAS ARRANGER LES CHOSES
M'EN F... JE NE SUIS PAS UN HÉROS
BANK
Kroll

LE SOIR 25 mai 2012.

QUE FAIRE DE VOTRE ARGENT ?
PAS DE SOUCI JE N'EN AI PLUS
Kroll

MISE au POINT rtbf 6 novembre 2011.

DETTE
AUSTERITE
Knoll

LE SOIR 20 octobre 2011.

LA SAINT-VALENTIN GRECQUE
RIGUEUR ?
OU AUSTÉRITE ?
MAIS PAS RIGOLER

LE SOIR 14 février 2012.

Καλημέρα
VOUS ÊTES SÛR QUE CES GENS SONT VRAIMENT SÉRIEUX ?
Knoll

CINE TELE REVUE Septembre 2011.

ON RESTE ENSEMBLE À CAUSE DU PETIT

ET SI ÇA AVAIT ÉTÉ DSK ?

CE N'EST PAS QUE PHYSIQUE
AAA

arte et DER SPIEGEL Février 2012.

ON NE PEUT QUAND MÊME PAS QUITTER L'EURO ?!
MAIS SI
MAIS NON
MAIS SI

LE SOIR 14 mai 2012.

ALLEMAGNE - GRÈCE
QU'EST-CE QU'IL DIT ?
IL DEMANDE SI ON NE PEUT PAS LEUR PRÊTER QUELQUES JOUEURS
ET DES CHAUSSURES
Kroll

LE SOIR **22 juin 2012.** En quart de finale de l'Euro 2012, l'Allemagne a affronté la Grèce.

VACANCES DE CRISE
L'ITALIE EST DANS LA DÈCHE. ILS FONT DES SUPER PRIX !
EN ESPAGNE ILS SONT MAL. TOUT EST BRADÉ !
ESSAYEZ LE PORTUGAL ! LES PAUVRES, ILS SOLDENT TOUT
EN GRÈCE, C'EST ENCORE MOINS CHER QUE L'AN DERNIER !
ILS NOUS MANGENT DANS LA MAIN
ENCORE LA GRÈCE
Kroll

LE SOIR **29 juin 2012.**

SOMMET EUROPÉEN...
COMME D'HABITUDE...
CEUX QUI DEMANDENT DE L'ARGENT, FAITES LA FILE À GAUCHE
CEUX QUI EN ONT MARRE D'EN DONNER, À DROITE
CEUX QUI ONT UNE SOLUTION LÈVENT LA MAIN
CAFÉ À 17 H POUR TOUT LE MONDE
Kroll

LE SOIR **28 juin 2012.** Les sommets européens se suivent et se ressemblent.

Kroll

Herman Van Rompuy, président du Conseil européen, est régulièrement critiqué pour son manque d'indépendance par rapport à la France et à l'Allemagne.

LE SOIR **17 novembre 2011.**

LE SOIR **31 mai 2012.** « Toute la théorie de Keynes en un dessin : si on coupe la corde de l'austérité, on alourdit les dettes publiques mais on projette l'économie plus loin. Les billets de la dette publique tombent, mais l'inflation les disperse. Si, par contre, on tire sur la corde de l'austérité, la catapulte se renverse et écrase l'économie sous les dettes publiques. »

Bruno Colmant,
Prof. Dr. at Louvain School of Management (UCL), Vlerick Management School and ICHEC

Je ne savais même pas qu'il y avait tant de choses dans mon dessin !

Silvio Berlusconi n'aura pas résisté à ses scandales et à la crise économique mal gérée de l'Italie.

TOUT ÇA C'EST LA FAUTE À LA PRESSE
BUNGA BUNGA?

LE SOIR 21 septembre 2011.

BERLUSCONI À LA RETRAITE ?
C'EST COMMENT, DOMINIQUE?
COOL
APPELLE DODO-LA-SAUMURE

LE SOIR 8 novembre 2011.

BERLUSCONI VRAIMENT PARTI
JE REVIENDRAI
ENCORE LE REFAIRE?

LE SOIR 14 novembre 2011.

VIVE !!!
LA FRANCE

dS De Standaard Mai 2012.

En France, 2012 est marqué par les élections présidentielles et la victoire de François Hollande.

IL PARAÎT QU'IL NOUS ENTEND DÉJÀ
IL EST AU COURANT POUR LES SONDAGES ALORS ?
Hippeastrum
Begonia masoniana
Kroll

LE SOIR 29 septembre 2011.

Carla Bruni est enceinte. Mais Nicolas Sarkozy perd tous les jours en popularité. Plusieurs de ses ministres et proches rallient l'opposition.

SARKOZY PAPA ?
ÇA A INTÉRÊT À BIEN SE PASSER PARCE QUE J'AI ASSEZ D'EM... COMME ÇA
Détendez-vous Madame
Kroll

LE SOIR 4 octobre 2011.

Carla Bruni-Sarkozy accouche d'une petite fille.

LES RATS QUITTENT LE NAVIRE
ON SE CASSE, PAUV'CON
HOLLANDE
Kroll

LE SOIR 19 avril 2012.

CHIRAC DECLARÉ COUPABLE
C'EST BIEN FAIT POUR LUI !

LE SOIR **16 décembre 2011.** L'ancien président Jacques Chirac est condamné à deux ans de prison avec sursis pour « détournements et abus de confiance ».

DSK NE VIENDRA PAS À BRUXELLES
ET M...!

LE SOIR **24 mars 2012.** Dominique Strauss-Kahn était annoncé à Bruxelles le 27 mars 2012. De vives réactions finiront par le dissuader de cette visite.

ÇA Y EST SARKO EST CANDIDAT
ON EST LÀ, LAPIN
je l'aurai
je l'aurai
c'est parti
AAA

LE SOIR 16 février 2012.

LE SOIR 5 mai 2012.

C'est la lutte finale...

Martine Aubry François Hollande

C'est la chenille qui redémarre...
YEAH

Nicolas Sarkozy Carla Bruni Franck Ribéry Johnny Halliday

CAMARADES
VOTEZ CONTRE SARKOZY

LE SOIR 23 avril 2012.

Jean-Luc Mélenchon

POUTOU 'FAUT PAS POUSSER-JE VEUX BIEN L'ENGAGER POUR DES P'TITS TRAVAUX
BAYROU LE PAUVRE ! PAR PITIE PEUT-ÊTRE...
CHEMINADE IL EST COMPLETEMENT FRAPPÉ CUILÀ !
HOLLANDE TROP FACILE !
MÉLENCHON TROP À LA MODE ! C'EST D'UN CONFORMISME...
LEPEN C'EST PAS MON TYPE DE MEUF' TROP MOLLE !
DUPONT-AIGNAN J'ARRIVE JAMAIS À RETENIR QUI C'EST
JOLY LA VIEILLE SALOPE QUI VEUT ME FOUTRE AU TROU ??
ARTHAUD ELLE ME FAIT PEUR. JE SUIS SÛR QU'ELLE RÊVE DE ME COUPER LES C...
JE CROIS QUE FINALEMENT JE VAIS QUAND MÊME VOTER POUR MOI

LE SOIR 21 avril 2012. Tous les candidats...

T'AS PAS UN PEU REGROSSI ?
TIENS, TA
EST LÀ !

Ségolène Royal soutient la candidature de son ex-mari.

LE SOIR 5 avril 2012.

LE SOIR 28 avril 2012.

Premier tour le 22 avril 2012.

J'AI ENVIE DE VOTER COMME UN GROS CON
J'ADORE !
Kroll

29 avril 2012.

BON.... IL ME FAUT CE QU'IL Y A LÀ-DEDANS
FN
Kroll

LE SOIR 23 avril 2012.

LE CORDON SANITAIRE
ME MET EN VALEUR

29 avril 2012.

ET SI JE ME REMARIAIS ...
AVEC MARINE LEPEN ?
TRÈS VITE

LE SOIR 22 avril 2012.

JE SUIS BIEN OBLIGÉ

MISE au POINT rtbf 29 avril 2012.

GAGNÉ MAIS RIEN N'EST FAIT
PERDU MAIS RIEN N'EST FAIT

LE SOIR 22 avril 2012.

Deuxième tour le 6 mai 2012.

1ÈRES ESTIMATIONS D'OUTRE-MER
CASSE-TOI SARKO

MISE AU POINT rtbf 6 mai 2012.

VENDU

LE SOIR 4 mai 2012.

6 MAI 2012

MISE AU POINT rtbf 6 mai 2012.

BONNE CHANCE
S

LE SOIR 8 mai 2012. À peine élu, François Hollande rend visite à Angela Merkel.

M'SIEUR HOLLANDE, J'AI UN GREC ICI. IL DIT QUE C'EST GRAVISSIME ET TRÈS URGENT
M'SIEUR HOLLANDE, J'AI UN BELGE ICI. IL SE DIT VOTRE AMI ET QU'IL DOIT RENÉGOCIER UN TRUC
Bon...
Ségolène à la famille c fabius??
CAFÉ NORMAL
MONTRE NORMALE
DEXIA
CHAISE NORMALE
TABLE NORMALE

LE SOIR 10 mai 2012.

AU SECOURS IL A GAGNÉ
EN BELGIQUE
VITE
EN BELGIQUE
EN BELGIQUE

OUF
PROTEGEZ-NOUS DES SOCIALISTES
Kroll

CINÉ TÉLÉ REVUE **Mai 2012.**

DER SPIEGEL **Mai 2012.** Et pour *Der Spiegel*… c'est à Londres !

Vive la France
HOLLANDE
TELEPHONE
Kroll

PASSATION DES CODES NUCLÉAIRES
QUELLE MAIN?
SOYEZ UN PEU NORMAL POUR UNE FOIS
JE SUIS EN DOUBLE FILE

LE SOIR 15 mai 2012.

je n'aime pas le menu. On voudrait un peu de relance
LE MENU C'EST LE MENU
ON PREND COMME FRANÇOIS ?
Menu austérité rigueur discipline

LE SOIR 24 mai 2012.

ET MAINTENANT
QUI M'AIME ME SUIVE
je ne peux pas faire d'excès de vitesse ?
BIG BANG

LE SOIR 8 juin 2012.

BIEN SÛR. IL EST TOUT À FAIT NUL. MOI, JE SERAIS DÉJÀ À ALEP
VOUS NE VOULEZ PAS ME F... LA PAIX EN VACANCES ?
L'EQUIPE
Kroll

LE SOIR 10 août 2012.

JE DÉCOMPTE
YOUPIE

Le Soir croit savoir qu'Albert II pourrait abdiquer durant l'été 2013. Le Palais dément l'information.

MISE à POINT rtbf **4 mars 2012.**

ENFIN ICI... LE PAYS EST TRANQUILLE
TOUT EST POUR UN MIEUX
SIRE
NON?
SIRE· NOUS VOILÀ· TOUT LE GOUVERNEMENT... ET LES ENFANTS
DITES BONJOUR AU ROI LES ENFANTS
VOUS AVEZ UN BARBECUE?
ON NE RESTE QU'UN MOIS
PAS EUX!

PAS DE CRISE MAJEURE AVANT JUILLET 2013 S'IL VOUS PLAÎT
TU ES SÛR QUE PHILIPPE SERA PRÊT ?
JE M'EN FOUS

LE SOIR 2 mars 2012.

PHILIPPE EST-IL PRÊT ?
PRÊT POUR QUOI ?

MISE au POINT rtbf 4 mars 2012.

ÇA DEVRAIT DONC SE PASSER COMME CECI (EN 2013?)
FILS, TU VAS ÊTRE APPELÉ À RÉGNER
JE CROYAIS QUE CE SERAIT "PHILIPPE II"
MES CHERS CONCITOYENS. MON FILS, ICI PRÉSENT, EST MAINTENANT APPELÉ À RÉGNER. VIVE LE ROI
VIVE LE ROI
"ARAIGNÉE" QUEL VILAIN NOM !
"ICI PRÉSENT" C'ÉTAIT PAS MIEUX
DIS DONC, ALBERT, TON FILS SE FAIT UN PRÉNOM
COMME J'AVAIS DÛ ME FAIRE UN CHIFFRE
JE POINTE OU JE TIRE ?
VAR MATIN
PHILIPPE II

CINE TELE REVUE Mars 2012.

LE PRINCE LAURENT AU TE DEUM
J'AIMAIS ENCORE MIEUX QUAND J'ÉTAIS PUNI
Kroll

LE SOIR 15 novembre 2011.

LES ROIS SONT TOUJOURS RESTÉS JUSQU'AU BOUT

PRENONS DIRECTEMENT ÉLISABETH . . .
COOL

MISE au POINT rtbf 4 mars 2012.

NE CONFONDEZ PLUS
UNE AVERSE
UNE INTEMPERIE
UNE ONDÉE
UN CRACHIN
UNE P... DE PLUIE

LE SOIR **12 juillet 2012.**

La météo fait l'actualité de juillet en Belgique. Le temps est pourri. Les professionnels du tourisme exhortent les médias à ne pas décourager leurs clients.

PAPA MAMAN
J'AI VU LE SOLEIL
ARRÊTE DE DIRE N'IMPORTE QUOI ET MONTE DANS TA CHAMBRE
IL VA PRENDRE FROID

LE SOIR **19 juillet 2012.**

MERDEN M

LE SOIR **6 août 2012.** Le 5 août, Michel Daerden décède à l'hôpital de Fréjus après avoir passé une dizaine de jours dans le coma…

POUPOUPIDOU
MARILYN MONROE
1926 – 1962

… 50 ans jour pour jour après Marilyn Monroe.

LE SOIR **4 août 2012.**

J'AI DIT "DANS L'INTIMITÉ"
JE VOULAIS JUSTE ENCORE VOUS FÉLICITER POUR TOUT ET...
C'EST FAIT. MERCI, PETIT VA JOUER
le Roi
le PS
Dassault
Agusta
ATh
Kroll

LE SOIR **28 août 2012.** Le 21 août, c'est Guy Spitaels qui décède. Ancien président du PS, ancien ministre, ministre-président de la Région wallonne, président du parti socialiste européen. Il laisse une prophétie assez pessimiste pour la Wallonie.

CLOCLO
ON EST INVITÉES
monkez

Quelques films de l'année…

les grignoux

●●●

Janvier 2012.

Février 2012.

La Piel
… d'Almodovar
(ici SANS SA PIEL)

ON LES APPELLE LES JOURS BLANCS
CE SONT CES JOURS OÙ Y A PAS ÉCOLE
ENFIN… EN FAIT, C'EST PAS CONGÉ…
MAIS Y A RIEN À L'ÉCOLE
PAS DE COURS
LES PROFS CORRIGENT ET DÉLIBÈRENT
SUR NOUS
PENDANT QUE NOUS, ON GLANDE
À FOND
RIEN À F…
ÇA DOIT BIEN AVOIR UNE VERTU PÉDAGOGIQUE S'ILS NOUS IMPOSENT ÇA?!
ON CHATTE ON FACEBOOK
UNE QUOI? 'COMPRENDS RIEN ELLE PARLE COMME UN PROF
ELLE DIT QUE ÇA SERT SÛREMENT À NOUS APPRENDRE QUELQUE CHOSE POUR PLUS TARD
MAIS QUOI?
LE CHÔMAGE

CINÉ TÉLÉ REVUE **Juin 2011.** C'est tous les ans, avant Noël et avant l'été.

Le Prénom
VOUS N'ALLEZ QUAND MÊME PAS L'APPELER COMME ÇA ?
S'IL VA HABITER MONS UN JOUR !
TU VEUX QU'IL SOIT HOMO ?
ET TU VAS LUI METTRE UN NOEUD PAP ?
ON N'EST PAS ITALIEN
NI SOCIALISTE QUE JE SACHE
Kroll

les grignoux

●●●

Avril 2012.

FAUT-IL TAXER LA MALBOUFFE ?
UNE GRANDE FRITE AVEC DEUX FRICANDELLES UN COCA, DEUX MARS ET SAUCE ANDALOUSE
ça roule
vous savez qu'il y a une taxe spéciale malbouffe sur tout ça ?
SUR QUOI Y EN A PAS ?
Attendez... le tofu, le quinoa, l'algue nori
METTEZ-MOI ÇA...
AVEC DES FRITES, UN MARS ET UN COCA...
Sauce ?
ANDALOUSE
ça roule
Kroll

Mars 2012.

les grignoux

Mai 2012.

VOUS ALLEZ FAIRE LE GRAND SOIR
LE VRAI?
ON PEUT VENIR AVEC VOUS?
ON ADORE TOUT CE QUE VOUS FAITES
AH BON?

Benoit Poelvoorde

MARIE-THÉRÈSE DE TOUÇA
TON TRAVAIL DE FIN D'ÉTUDES EST EXCEPTIONNEL TU AS TOUT COMPRIS, LE SENS DE LA SYNTHÈSE, DU STYLE TU ES PROMISE À UN BEL AVENIR! TU AS 99% ET LES FÉLICITATIONS DU JURY
merci msieu
RACHID SHNÖL
TON TRAVAIL EST UN RAMASSIS D'ÂNERIES ÇA NE VAUT RIEN TU NE VAUX RIEN VA FAIRE UN MÉTIER MANUEL TA PLACE N'EST PAS ICI!
POURQUOI TU M'AS DONNÉ TON TRAVAIL ET QUE T'AS REMIS LE MIEN À TON NOM? IL ÉTAIT NUL LE MIEN
JE VEUX FAIRE LA PLOMBERIE MAIS MES PARENTS RÊVAIENT QUE J'AILLE À L'UNIF! NE DIS JAMAIS RIEN À PERSONNE
ET BONNE CHANCE
MARIE-THÉRÈSE TU ES FORMIDAAABLE
ET ARRÊTE DE FRÉQUENTER CE GARÇON

KIM A LA RETRAITE

À 29 ans, Kim Clijsters met un terme à sa carrière.

LE SOIR 31 août 2012.

ENCHAÎNER SANS TRANSITION L'EURO ...
...ET LE TOUR DE FRANCE, C'EST DUR
JE TE RAPPELLE QUE T'AS FAIT ROLAND-GARROS AVANT

CINÉ TÉLÉ REVUE Juillet 2012.

LES NULS, MÊME PAS UNE MÉDAILLE
'POURRAIENT S'ENTRAÎNER UN PEU!
À DEUX EN PLUS
ON A L'AIR DE QUOI?
VIVE LE SPORT

Jeux Olympiques de Londres.

La Belgique (ingrate) attendait beaucoup des frères Borlée.

LE SOIR 7 août 2012.

S'ils avaient décroché une médaille, j'aurais publié ceci…

ATTENDS-MOI
PAPA NE VEUT PAS

PARALYMPIQUES
OÙ ALLONS-NOUS?

LE SOIR 4 septembre 2012.

LE SPORT À CE NIVEAU-LÀ ... CE N'EST PAS POUR VOUS ET MOI
何事
VOUS CROYEZ QU'ELLE EST BONNE ?
Mademoiselle
3
4
?
M... EN PLUS JE ME SUIS TROMPÉ DE JOUR
EXCUSEZ-MOI J'AI PRIS UN PEU DE POIDS L'HIVER
Kroll

IL PARAÎT QUE VOUS
VOUS DOPEZ TOUS.
J'AI PRIS DEUX CAFÉS
VOUS CROYEZ QUE
ÇA SUFFIRA?

Août 2012. J'ai toujours pensé qu'on devrait aligner un monsieur Tout-le-monde dans toutes les disciplines... pour nous comparer à ces champions exceptionnels.

LE SOIR **5 septembre 2012.** Après les Jeux olympiques, les paralympiques.

LE SOIR **29 août 2012.**
Dessin original.

SI ELLE SE PLAÎT BIEN ICI ...
UN JOUR ON AURA PEUT-ÊTRE MONSIEUR DUTROUX
OOOOOOOO

Michelle Martin, l'ex-femme de Marc Dutroux, est libérée après 16 années passées en prison (sur les 30 ans de sa condamnation) à la condition de séjourner chez les sœurs clarisses à Malonne. Vive polémique.

SI ELLE SE PLAÎT BIEN ICI ...
UN JOUR ON AURA PEUT-ÊTRE MONSIEUR DUTROUX

LE SOIR **29 août 2012.**
Dessin un peu modifié après négociation..!

POUR TOUS ?
PRISON
COUVENT

MISE au POINT rtbf **2 septembre 2012.**

AU FAIT ...
VOUS AVEZ FAIT QUOI MADAME MARTIN ?

ÉLECTIONS COMMUNALES : C'EST PARTI !
QUI DÉTESTE LE PLUS MARTIN ET DUTROUX ?
MOI
MOI
MOI
MOI

MISE AU POINT rtbf 2 septembre 2012.

facebook
Mort à Michelle Martin, et aux juges et aux politiqu et aux nonnes et à qui ? Je ne sais plus. Pendez les pédophiles
C'EST LA FAUTE AUX SOCIALISTES ILS PROTÈGENT LES CRIMINELS
Restons calmes. Je vais tout changer : la loi, la constitution, l'Église, l'État. Promis. Promis
PAR LES ! ÉCRIS "PAR LES "
VOTEZ MR
RAPPELEZ-VOUS QUE LE CDH GÈRE TOUT ÇA TRÈS BIEN
ET QUE JEAN-DENIS LEJEUNE EST AU CDH

LE SOIR 30 août 2012.

Un peu d'air...

Tous à vélo au boulot. Dessin de l'affiche pour la journée du 21 septembre 2012.

Solution du jeu des pages 14 et 15 :

Elio a du poil sur le torse / l'accord du gouvernement est taché /
un joli bracelet à son poignet gauche / la bouteille de vin a une cordelette / Didier Reynders
est parmi ses ennemis / une cafetière italienne parmi les casseroles / le bout de la zigounette
du Premier ministre dépasse un peu.

LE SOIR 8 août 2012.

UNE FORME DE VIE SUR MARS ?
?
ET ALORS, CES JEUX À LONDRES ?

Le robot Curiosity s'est posé sur Mars le 6 août à 7h31 après un voyage de huit mois. Pendant deux ans, il sillonnera la planète rouge à la recherche de traces de vie microbienne.

CINÉ TÉLÉ REVUE Août 2012.

À LA RECHERCHE D'UNE FORME DE VIE SUR MARS
ÇA VIENT DE LA TERRE
QU'EST-CE QU'ILS SONT LAIDS LÀ-BAS!

Neil
Armstrong
earth
1930~2012
The
first
human
on the
moon
1969
Kroll

Août 2012. Neil Armstrong, le premier homme à avoir marché sur la Lune, décède le 25 août 2012 à 82 ans.

LE SOIR 27 août 2012.

Achevé d'imprimer sur les presses de l'imprimerie V.D. (Temse, Belgique) en octobre 2012.

lle le dit souvent, Charles Michel: elle vous doit tout. En tout cas au eau régional, c'est de notoriété publique que si le CDH est rentré dans le vernement Van Cauwenberg à la place du MR en 2004 c'est parce que s aviez tellement cassé les couilles de tous les socialistes qu'ils auraient une coalition avec l'opus dei s'il le fallait pour éviter de vous retrouver c un portefeuille.

rtant, vous ne faisiez pas bien peur. Vous aviez été nommé ministre si ne que, quand quelqu'un rentrait dans votre cabinet, il vous demandait eu... tu pourrais aller chercher ton papa ou ta maman ? ». Notez, c'est un pareil aujourd'hui avec Philippe Henry, en général, le visiteur entre et nande : « vous pourriez aller chercher le ministre ou un collaborateur, s'il s plaît ? ». Le pire, c'est qu'à chaque fois, Philippe Henry fait 20 mètres s le couloir avant de faire demi-tour : « ah merde, c'est vrai, le ministre t moi. »

in, on ne va pas refaire toute votre carrière politique, disons que vous z réussi quelques trucs et raté plein d'autres. Ben oui, vous avez raté des ses. Vous vouliez supprimer les Provinces. Je m'en souviens, vous aviez ore des cheveux et vous vouliez supprimer les Provinces, carrément, et i des projets comme ça, j'applaudis pendant cinq minutes, comme une rie. Mais ça, c'était bien un truc de novice. En politique belge, je vais vous e, supprimer les Provinces, c'est comme fermer les bordels à Bangkok. intenant, vous êtes président de parti et vous savez tout ça. Un métier bien dans votre parti, président, puisque ça consiste à temps plein à gérer vier Maingain : le laisser parler une heure le dimanche, nuancer toute la naine ce qu'il a dit, surveiller ses retours de vacances... Et là aussi, vous s jeune comme président de parti, bravo. D'ailleurs vous serez toujours ne, enfin pour moi, forcément. Quand je relis votre C.V., je me dis jours : « mais comment peut-on être né en 75 ? » Moi, j'étais en rétho. urais pu vous renverser en landau, j'aurais même pu être votre père parce e de ce temps-là, on ne distribuait pas des préservatifs dans les camps outs. Quand j'étais petit, les ministres, ils étaient vieux, plus vieux que moi tout cas, forcément. Et, vieux, ils me faisaient peeeeeur. Puis est arrivé le nps où des ministres avaient mon âge : Marcourt, Reynders, Joëlle, c'est e autre relation. Tenez Joëlle, elle, ne pourrait pas être ma mère, je pourrais s être son père, mais disons qu'on aurait pu jouer au docteur ensemble. Et n ça, ça me fait peur aussi parce que je me dis : « pourquoi ils sont nistres et que, moi, je dessine toujours dans mes cahiers ? » Puis sont nus des ministres plus jeunes que moi et ça me fait peur aussi parce que, us ces jeunes, j'ai peur qu'ils ne foutent en l'air mon pays en jouant au llon.

llez, Charles Michel, merci de ne pas être venu finalement. Travaillez.

erre Kroll *« La rentrée Politique » LaLibre / RTBF Septembre 2011*

Mais heureusement, heureusement, 2012 ...
années parce que... youpie, le 21 décembre, d'après le calendrier maya... c'est ? ...
c'est la fin du monde ! Gé-nial. On va en avoir fini.
Je me demande déjà ce que je vais faire le 20 décembre. Je ne sais pas... passer la journée dans un FatBoy à regarder Disney Channel en bouffant des Mon Chéri...
Non, je vais aller choisir une machine à laver, 18 programmes, la plus chère, la plus inutile et aussi un gros 4x4 à un vendeur fou de joie parce qu'il n'en vend plus aucune et tout ça à crédit pour le plaisir de ne jamais payer. Ou alors, je vais violer Elodie de Sélys dans le parking de la RTBF, non... ça m'étonnerait qu'elle vienne travailler la veille de la fin du monde et je ne sais pas où elle habite. Ou alors... ?
Ah je sais, le dernier jour avant la fin du monde, je prends mon premier cours de flamand, oui, je me remets au néerlandais pour être tranquille avec ma conscience, j'aurai fait l'effort, comme ça. Et quel soulagement le 21 !

nov 11
Lady Gaga met sa célébrit...
orphelins à Lady gaga ! Ma...
Nous manquons, en Belgique...
coûte cher : 18.000 euros. ...
mais « personnes déficiente...
La preuve de la puissance de ... quand Barack Obama a dit à propo
a fille : « Je suis sûr que Giu... du physique de sa mère, plutôt que celui de son père, ce qui
ne très bonne chose. » N'importe quel autre chef d'état se serait pris une talonnette dans les couil
a princesse Astrid, le prince Lorenz et leur fils Amadeo ont participé au marathon de New York. Lau
uivait en bagnole, sûrement.
e vendredi soir, match amical Belgique-Roumanie à Liège. Tout le gouvernement fédéral sera là pour
rveiller que les Roumains rentre bien chez eux après le match... 2000 demandes d'asile par mois, c'e
sez !
e dernière ? Mimie Mathy devient présentatrice sur TF1. Le premier qui dit « ça valait bien la peine d
payer un grand écran », sort sur-le-champ.

Alors comme ça, Steve Jobs est mort. Moi, je me suis toujours dit quand j'avais un problème avec mon mac ou mon iphone, après avoir tout essayé, qu'il y avait au moins un type que je pouvais appeler et qui pourrait me dire ce que c'était...

Coup de gueule des Ecolos. Ils veulent lier le salaire des patrons de la SNCB à la ponctualité des trains. Passer de 500.000 euros au CPAS d'un coup, 'faut supporter.

La ministre Fadila Laanan a débloqué 15.000 € pour soutenir l'édition 2012 de la Gay Pride à Bruxelles. Je comprends mieux : on les paye ces mecs pour danser en slip avec des plumes dans le cul

Delhaize rappelle trois lots de crevettes surgelées. Franchement si elles sont surgelées, je ne sais pas comment elles vont entendre qu'on les rappelle. Ça me paraît foireux leur coup.

Emission OnNestPasRentré du 9 décembre 2011

Le casting du nouveau gouvernement

Les grands rôles, ce sont ceux qu'on appelle les vice-premiers. Aux Etats-Unis, il y en a un. Chez nous, six.

Vice-première : Laurette Onkelinx. C'est peut-être parce que je suis liégeois et la connais depuis longtemps mais moi, j'ai l'impression qu'elle était déjà dans le gouvernement Leburton dont on reparle ces temps-ci. C'est sans doute parce qu'elle a toujours les soins de santé qu'elle est si bien conservée. Cela dit, elle n'est plus wallonne, notez bien : elle est bruxelloise. Il y a deux trajectoires possibles pour un liégeois en politique, il finit ou à Bruxelles ou inculpé.

Vice-Premier aussi : Johan Vande Lanotte. Il était parti, il revient. Vande Lanotte, de visage, on dirait tout le temps qu'il a le nez collé contre la vitrine, vous voyez comme les gamins qui veulent faire rire... et ben là, il a pu rentrer dans le magasin. Et puis, cette fois il est tout heureux parce qu'il a la mer du nord dans ses attribution. On l'attend avec un ciré jaune, dans les embruns, pêchant la crevette à Oostduikerke sur un cheval bâti comme Jean-Luc Dehaene.

Vice-premier également : Vincent Van Quickenborne. Vous l'avez vu à la prestation de serment, c'est le petit comique du gouvernement, lui, il était venu en pyjama – enfin, on aurait dit. Il me fait penser à Averell Dalton ; celui-là, un Averell dalton moderne qui irait sur tweeter dix par jour pour demander « quand est-ce qu'on mange ? » À ce propos, c'est le titre d'un excellent livre en vente partout pour les fêtes, il en reste, tout doit partir.

Vice-Première : Joëlle Milquet. Oh, notre belle Joëlle. « Quand j'ai entendu : Joëlle Milquet sera à l'intérieur », gentil et galant, j'ai tout de suite pensé : « heureusement, avec le temps qu'il fait ». Et alors, vous l'avez vue, toute en noir avec ses bottes, un peu Elsa La Louve des SS. Joëlle en super flic, les jeunes et les gangsters vont être contents : les jeunes parce qu'ils vont se dire « chouette, une gothique » et les gangsters parce que c'est de notoriété publique, elle est toujours en retard.

Vice-premier encore : Steven Vanackere. Une tête pas antipathique qui oscille entre le courtier d'assurance et le proviseur d'athénée avec des compétences marrantes comme tout : les finances et la fonction publique. Ah c'est clair, les soirées chez lui, ça va pas être pour parler gonzesses avec Jean-Luc Fonck et Renaud Rutten. Et vous avez vu ? Pour la première fois, on a collé les finances avec le développement durable... j'ai jamais autant compris qu'on craignait pour nos finances !

Et enfin, vice-premier évidemment : Didier Reynders. Didier Reynders aux affaires étrangères. Je sens que c'est là le titre d'une saga qui va valoir James Bond. Premier épisode comment se faire détester par 70 millions de Congolais. va-t-il faire mieux que Karel de Gucht ? Et puis, un fois bien entraîné, quand il aura dit à Vladimir Poutine « est-ce que vous ne sentez pas un peu la vodka petit tricheur de vendu de pourri de mafieux ? » et à Barack Obama « Vous n'y connaissez rien, mon vieux, et je veux rien dire mais vous avez vu le gros cul de votre bonne femme ? », la Belgique entrera dans l'histoire pour avoir lancé toute seule la troisième guerre mondiale.

Bon, il y a aussi des ministres qui ne sont pas vice-premier, si, si :

Sabine Laruelle. Encore cette fois à l'agriculture. Les pauvres fermiers qui courent derrière Julie Taton tous les étés ont compris que « le bonheur est dans le pré », c'est une fiction. Dans la vraie vie, pas de Julie Taton, Sabine Laruelle, les amis. Ah c'est clair, dans les étables, y'en qui vont se remettre à traire à la main leur bonne bête sans plus rêver.

Et puis Annemie Turtelboom à la justice. Non seulement les fermiers vont cesser de fantasmer, mais en plus ils vont la filer doux, comme tout le monde Demain, tu te feras arrêter par Joëlle Milquet et puis mettre en prison par Annemie Turtelboom, si après ça tu ne deviens pas gay, c'est vraiment que t'as